KB068228

내 마음에 봄

TO. _____

FROM. 설레다 토끼

상처 받은 나에게 건네는
따뜻한 위로

내 마음에 봄

글 · 그림 설레다

알에이치코리아

CONTENTS

Chapter 1
마음 한구석 외로움 한 방울이 번지는 날

Chapter 2
당신이 그리운 날

Chapter 3
왠지 삐뚤어지고 싶은 날

Chapter 4
내 마음에 지독한 감기가 찾아온 날

Chapter 5

혼자이고 싶지만 혼자이고 싶지 않은 날

Chapter 6

한 줄기 빛을 따라 긴 터널을 지나고

마음 한구석 외로움 한 방울이 번지는 날

Chapter 1

세상이 잠들 시간이 되면
외로움은
그제야 슬그머니
잠에서 깨어납니다.

첫 번째 감성 필사

●

허전함을 견딜 수 없어서
마음속으로 뭐든 넣어 보곤 합니다.
그러면 왠지 채워질 것 같거든요.
휑뎅그렁해진 내 마음을 말이지요.

어쩔 줄 몰라 망설이다 시간은 흐르고
고독을 가장한 외로움이 싫어 벗어나려 했지만
아뿔싸,
너무 높은 곳에 홀로 있었네요.

세 번째 감정 상실

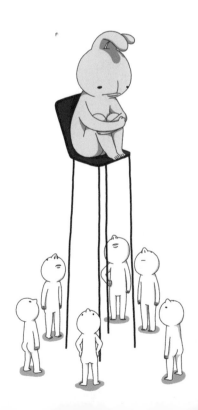

스스로 만든 외로움이라는 담벼락은
누군가에게 내가 언뜻언뜻 보일 정도의 높이로 존재합니다.
그러니 벗어날 수 있을지 없을지 고민하지 말고
기지개 시원하게 펴고 가뿐하게 밖으로 나오세요.

벽은 곧 무너질거이는.
거기서 조금만 더 기다려다오.

내 손…
놓지마…

다섯 번째 감성 묘사

●

누군가를 그리워하는 마음과

홀로 있고 싶은 마음

그 가운데 진한 고독이 파고듭니다.

여섯 번째 감정 묘사

•

어느 날
갑자기
나도 모르게
마음이

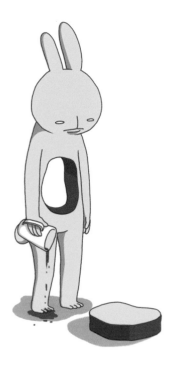

일곱 번째 감성 필사

어른이 되었습니다.

세월이라는 표현을 이따금 내뱉기도 하는

그런 나이가 되었지요.

나이를 어떻게 먹어 가는지

제대로 생각하고 느껴 보기도 전에

몸부터 성급하게 자라버린 느낌입니다.

시간이 지나면서
어른이 되어야 할 아이는
자라지 못하고
마음속에 상처 입은 모습 그대로 남겨집니다.
나는 몸만 커졌을 뿐,
여전히 내 안에는 자라지 못한
어린 아이가 있는 것이죠.
내 안에 남아 있는 그 아이를
어른이 된 내가 손이라도 잡아 주면 어떨까요?

그때 내가 제대로 했더라면
그때 내가 그 선택을 하지 않았더라면
그때 내가 이 사람을 알고 있었더라면
그때 그랬더라면

만약에
그때내가
제대로
했더라면

대체 뭘! 얼! 마! 나
마셨길래~응?응?!
이렇게 토하는 거야!!!엉?!

이 곳 아닌 다른 곳이
내 삶 아닌 다른 삶이
무작정 부러운 날이면
억지로 아닌 척 말고
오히려 그 부러움을 실컷 느껴 보세요.
그리고 그 마음이 지겨워질 때 즈음.
나도 누군가의 '동경'의 대상이
될 수 있음을 떠올려 주세요.

내가 앉아 있는 이 의자도 만들어진 이유가 있는데,
난 의자보다 못한 존재인 것 같다는 생각.
전화기도, 컵도, 펜도
세상의 모든 물건들이 존재의 이유가 있는데
나는 대체 왜 여기에 있는지 모르겠다는 생각.
사람들은 저마다 서로를 보듬고 손잡으며 의지하는데
나는 오로지 혼자 서 있다는 생각.
그런 생각들이 점점 나를 지워 버리는 날이 있습니다.
서서히 투명해지다가
결국 사라질 것만 같은 날
이런 날에는 애써 무언가를 하려고 하지 않아도 좋습니다.
내 마음이 너무 지쳐
사라져 버리고 싶다고
말하는 신호인지도 모르니까요.

열두 번째 감성 필사

오늘, 나와는 얼마나 대화했나요?
오늘 스스로에게 인사는 했는지,
기분은 어떤지 살펴보셨나요?

사람들은 모두 저마다
각자의 섬 안에서 살고 있습니다.
섬들은 가늘고 긴 끈으로 서로 이어져 있습니다.
그런 연결고리로 이어져 있다는 안도감 덕분에
홀로 살아가더라도
외로움을 견뎌낼 수 있는 건지도 모릅니다.

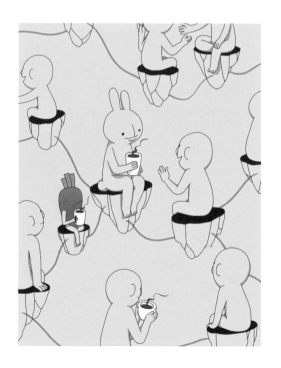

당신이

Chapter 2

그리운 날

가슴으로 그리움을 힘껏 끌어안아 느껴 보세요.

그리운 이에게 그립다 말을 건네고

때로 눈물도 흘려 본다면 가슴이 따뜻해질 거예요.

그때야 비로소 알게 됩니다.

그리움이 사랑하는 마음과 다르지 않음을⋯

문득 생각나는 사람,

오래 만나지 못해 그리움이 되어 버린 누군가가 있나요.

아직 연락처를 알고 있다면 그에게 전화를 해 보세요.

어색한 말투로 날씨 이야기를 해도 좋고,

밥 먹었냐는 인사를 서너 번씩 반복해도 괜찮아요.

그러다 실수인 듯 '보고 싶다'라고 말해 보세요.

그냥, 한 번 무심히 던지듯 툭

이 순간, 마음에 차고 넘치는 그리움을

그 한마디에 가득 담아 전해 보세요.

어쩌면 그도 나처럼

그리움을 마음속에 가득 담아두고

오늘을 보내고 있는지도 모르니까요.

열여섯 번째 감성 필사

내 마음을
그대로
전할 수 있다면

누구도 들어가지 못하는
무엇도 빠져 나올 수 없는
튼튼한 상자 안에
상처 받은 그 마음
잘 담아 두는 건 어떠냐고,
시간이 흐르도록 그렇게
내버려 두는 게 어떻겠냐고…

이별은

나를 한 번에 부술 수 있을 만큼

강한 아픔인 것만은 확실합니다.

그 아픔은 사랑한 크기만큼이 아니라

사랑한 크기에

상처 받고, 불안하고, 분노하고, 때론 서글펐던

그 모든 감정까지 보태어진 크기겠지요.

이 순간만큼은 그 누구도 할 수 있는 게 없습니다.

부서지는 나를 그저 바라보는 것밖에는.

영아홍 번제 참성 팔차

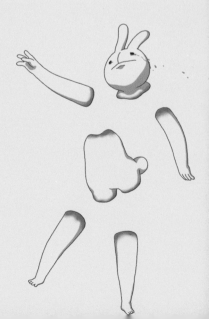

조각 난 나를 바라보는 일,
말끔했던 처음의 나로 돌아갈 수 없는 일.
이별은 그렇게 새로운 나를 아프게 만나는 관문입니다.

다만,
너무 오래 걸리지 않았으면 좋겠어요,

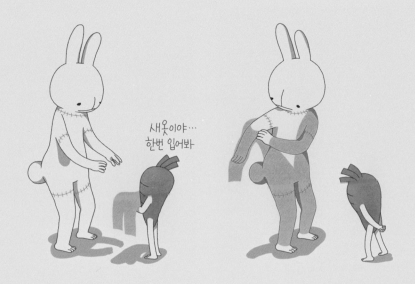

새옷이야…
한번 입어봐

잘…맞아?

나는 당신이,
당신은 내가 되어 보는 거야.
그러면 서로를 좀 더
이해할 수 있지 않을까?

마음의 수면 위로 떠오른 것들은
어쩌면 내가 놓쳤던,
존재했었지만 어느 날인가 사라져 버렸던,
하루를 살아낼 의미였는지도 모릅니다.

여보세요? 거기…
사람찾는 곳이죠?
혹시…꿈이나 열정도
찾아주나요?

당신에게 좀 더 가까이

닫힌 문을 열기 위해
최선을 다했다면
그것으로 충분합니다.
기다리면 문은 열릴 거예요.

애옹?!!

찹찹찹찹찹

다 먹었어?

냐아아앙~

니야아~~

어찌 보면 우리네 삶이란
우연한 만남의 연속인지도 모르겠습니다.
'헤어짐'이란
그 만남 사이에 찍혀 있는 쉼표일지도요.

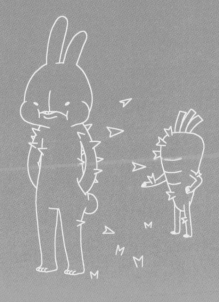

왠지

Chapter 3

삐뚤어지고 싶은 날

누가 틀리거나
나쁜 게 아닌 거야.

스물일곱 번째 감성 필사

누군가에게 피해를 주지 않는다면,

고집이란

오래 지켜가고 싶은

기분 좋은 외로움 아닐까요.

아~ 여기가
얼마나 아늑한데…

상대방의 마음을 충분히 받았는데도
마음이 텅 빈 것 같다면
곰곰이 생각해 보세요.
그 마음, 어딘가 버려둔 건 아닌지 말이에요.

좀 더…
더 달라구, 더!!!

투명해서
갇힌 줄 몰랐던
나의 세상

서른 번째 감성 필사

•

버리고 싶다고 해서 버릴 수도 없고
타인의 모습이 부럽다 해서 그걸 가져다
나의 '겹'으로 만들 수도 없습니다.
양파 같은 나를 잘 다독여 사이좋게 지내는 수밖에요.

좋은 말인데
듣기 싫은 말

설도야,
조언 하나
해줄게!!!

응, 한번 해봐~

침묵에는 좋은 침묵과 나쁜 침묵이 있습니다.
말로써 다 할 수 없는 표현들을
온몸으로 전해줄 수 있다면 그것은 좋은 침묵입니다.
반면 나쁜 침묵은 모든 소통을 가로채
대화할 수 없게 만드는
말해야 하는 것을 말하지 않는 것이지요.

남들 다 가는 길이 곧 옳은 길이라 여기는 세상에서
남들이 가지 않는 길을 선택하는 순간,
감당해야 하는 것들이 무겁게 어깨를 짓누릅니다.
그럼에도 그 무게를 견뎌내고
당신을 틀렸다고 몰아세우는 다수에게서
자신을 지켜낸 이들에게
열렬한 응원을 보냅니다.

당신은 결코 틀리지 않았습니다.

오늘만큼은
이해해 줬으면 해요.

왜 ! 왜 그러는데 !

넓은 아량으로 축하해 줄 수 없다면
질투 속에 있는 많은 감정들 중에서
부러움만 남기고 다른 건 모른 척 해버려도 좋아요.
대신 그 부러움을 나의 자극제로 삼아
내 갈 길의 원동력으로 사용해 보면 어떨까요?

서른여섯 번째 감성 필사

●

사라질 곳이 필요해.

내 마음이 하는 말은
결국 나만이 이해할 수 있습니다.

서른여덟 번째 감성 필사

뾰족한 성격

둥근 성격

모난 성격

세상엔 참 많은 사람들이 있고

그 이상의 많은 성격들이 존재합니다.

내가 가진 성격은 어떨까요?

서른아홉 번째 감성 필사

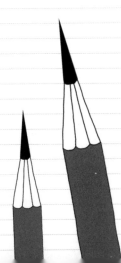

드러내기 싫은 부분을 감춘 채
보여주고 싶은 모습만 보여줬다 생각하겠지만
사람들은 어쩌면
이미 나를 파악하고
그에 맞게 대하고 있을지도 모릅니다.

마흔 번째 감성 필사

읽어도
좋은 책
좋아도
적당히
좋은 책

마흔한 번째 감성 필사

있는 그대로,

생긴 그대로 보면 될 대상을

어떻게든 내 기준과 잣대로

판단하려 하는 경우를 종종 봅니다.

내 눈에 색안경이 있는지

모른 채 살고 있는 사람들이 많지요.

상대를 온전히

있는 그대로 바라보고 싶다면

내가 쓰고 있는 안경부터 벗어 던져야 하지 않을까요?

날 강한 사람으로
몰아세우지 마 !!!

마흔세 번째 감성 필사

평생 이렇게 계속
가면을 쓰고
지내야 하는 건지...

마음은 나에게 종종 표현하기를 요청합니다.

입 밖으로 그 마음의 말을 꺼내달라고 말이죠.

그런데 그럴 때마다 마음보다 머리가 앞서

입을 막아 버린다면,

그것이 반복된다면,

마음은 서서히 표현하기를 주저하게 됩니다.

그러니 자,

이제부터라도 말을 해 보세요.

표현을 해 보세요.

다른 사람의 기분이나 눈치를 살피지 말고

내 마음에서 하는 소리를 말로 꺼내 보세요.

마흔다섯 번째 감성 필사
●

내
마
음
에

Chapter 4   지
독
한

감
기
가

찾
아
온

날

우울을 '마음의 감기' 정도로 치부해

가볍게 넘겨 버리는 경우가 많습니다.

다른 사람의 기분이나 마음은 살뜰하게 챙기면서

자신에 대해서는 무모할 만큼 무관심하게 대하곤 하죠.

그러는 사이 우울은 서서히 내 발목을 적시고,

허리춤으로 목으로 결국엔

내 키를 훌쩍 넘겨 나를 삼켜 버리고 맙니다.

이런 상태까지 가지 않기 위한 방법이 두 가지 있지요.

자기애를 갖는 것,

그리고 우울함이 차올랐을 때 제때 버리는 것.

이것도 어렵다면 그저 내 마음을 잘 관찰해 보세요,

내 마음은 타인이 아닌

나 스스로가 보살펴야 합니다.

만약 누군가에게 배신을 당했다는
생각이 든다면
가장 믿는 사람을 붙들고
울어 버리세요.
내 곁에 의지할 수 있는 사람의 존재를
다시 느끼게 되면
그 위로가 상처로 생긴 불신을
잠재울 수 있을 테니까요.

어떻게 네가…

비록 흉터는 크게 남겠지만

그 흉터 덕분에

이렇게 큰 상처가 있었음을 기억하게 됩니다.

현관에서 신발을 채 벗기도 전에

바닥으로 쏟아져 내리는 자신을 마주하는

그런 날이 있습니다.

다들 이렇게 하루를 버텨내며

한 달을, 일 년을, 세월을

엮어가는 것인지 궁금해집니다.

그렇게 다음 날을 생각할 틈 없이

죽은 듯 잠들며 마감하는 하루.

매일 이렇다면 살아갈 자신이 없겠지만

'그래, 가끔 이런 날도 있지'라고 할 정도라면

아직은 괜찮은 거라고 애써 자신을 다독여 봅니다.

내일은 버텨내는 하루 말고,

살아가는 하루가 그대에게 찾아가기를.

마음은 홀로 변해 가는 사랑

일주일의 상처를
치유할 수 있는 곳으로 가야지.

지금부터라도 내 마음을 자유롭게

숨 쉴 수 있도록 해주세요.

슬플 때, 아플 때 소리 내어 울 수 있게 해주세요.

고마워…

…웃지 말고
가만히 있어!

신한 변제 감성 필사

●

용서

먼저
놓아버리면
되는 것

우리는 다른 사람에게는 따뜻하고 섬세하면서
왜 유독 자신에게만 이렇게 엄격할까요?

신세 변제 감성 필사

새 수건으로
깨끗하게 닦아서
지워 버려다오.

신데렐라 강성필사

간혹 착각할 때가 있습니다.

'마음은 여러 번 비슷한 상처를 받으면

그것에 면역이 생겨 아무렇지 않아질 것이다.

심지어 상처에 대비해서 더 단단해지고

더 큰 상처를 받지 않는 이상

고통을 느끼지 못할 것이다'라고 말입니다.

하지만 지나간 상처일지라도

아직 흉터로 남기 전까지는

언제 다시 벌어질지 모릅니다.

그러니 흉터로 남을 때까지,

그 흉터가 점점 흐려질 때까지

마음을 잘 덮어 두는 것이 중요하겠지요.

당근아···
나, 괜찮겠지?
그렇지?

내 마음을 향해
'참아!' '견뎌!'라고 윽박질렀습니다.
그러다 보니 어느새
가시가 돋았네요.
이제 하나씩 뽑아내며 내 마음을
잘 다독여 볼 생각이에요.
지금, 당신의 가슴팍에도 작은 가시 하나
뾰족하게 나와 있지 않나요?
모른 척 말고 그 마음, 유심히 들여다보세요.

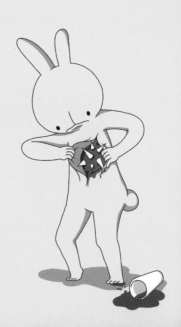

내가 행복해야

옆 사람 행복을 바랄 수 있고

그렇게 천천히 번져나가야

우리의 행복이 됩니다.

그 시작점인 나라는 존재는

세상에서 가장 소중한 것이지요.

그러니 적극적으로 보살피고

끝까지 보듬어 주셔야 합니다.

지금이라도 좋아요.
먼지 쌓인 마음의 거울을 꺼내
손으로 스윽 한번 문질러 들여다보세요.
내가 몰랐던 상처를 발견하거나
그리운 이의 모습을 찾게 될지도 모릅니다.
혹은
쓸쓸히 등 돌리고 앉은 나를 마주하게 될지도 모르지요.

지금이라도 좋아요.

이제 괜찮다는 말
그만해도 된다는 말
그 말부터 스스로에게 해보세요.

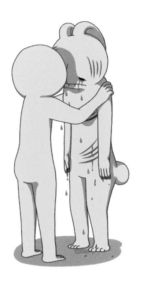

괜찮아

괜찮아

괜찮아

막힌 길을 더 막아서는
내 마음들을 다른 곳으로 보내 주세요.

커피 한 잔 가득 내려서
탁 트인 풍경을 보며
가만히 숨을 들이쉬고, 다시 내쉬어 봅니다.
밥도 맛있게 먹었고,
주어진 일도 나름 잘 해나가고 있고,
세상이 무너질 만큼 불행한 일도 없는데
어쩐지 마음 한가운데가 꽉 막혀 있는 기분이 듭니다.
이럴 땐 내 마음에게 찾아가 묻고 싶습니다.
왜 그렇게 입을 꾹 다물고 있는지….

괜찮지 않을 때 하는 말,
'괜찮아.'

괜찮아?

…응…
괜찮아…

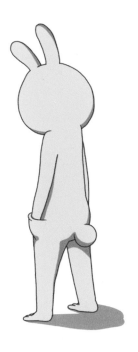

마음이
롤러코스터를 타고
수없이
오르락 내리락하는 날

내 처지가 어려워

그렇게밖에 위로를 할 수 없는 현실이

그저 서글픈 날.

이러지도 저러지도 못하는 내가

더더욱 서글퍼지는

그런 날.

예순네 번째 감성 필사

지금까지 힘들게 달려오기만 했다면,
무엇을 하든 목표만을 생각하며 움직였다면
짧은 시간이라도 좋으니 잠시 멈춰 보세요.
그 자리에 우뚝 멈추는 일이 불안하다면
차라리 어딘가로 도망치는 거예요.
나만의 공간에 숨어
내 마음을 진짜 쉬게 해 주세요.
그렇게 잠시나마 사라졌다 돌아오면
조금 홀가분한 상태의 나로 되돌아 올 수 있을 겁니다.

170
—
171

예순다섯 번째 감성 필사

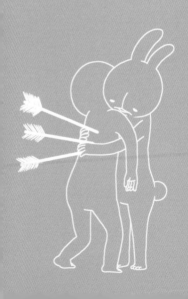

혼자이고 싶지만

Chapter 5   혼자이고 싶지 않은 날

가까울수록

사랑하고 아껴주는 사이일수록

보듬어 줘도 부족할 텐데

우리는 가끔씩 서로를 향해 남보다

더한 상처를 남기곤 합니다.

● 예순여섯 번째 감성 필사

관계도
거울과
같아

나도…네가
좋더라~

난 네가 좋아.
잘해주고 싶어…

내가 한마디 하고 싶으면
상대의 두 마디를 먼저 들어 주세요.

… 듣는 게 뭔데?

가만히 좀
들어줄 순 없어?

예술은 빈 페이지 같은 필사

솔직한 조언,
솔직한 대화.
건네기 전에
상대의 마음을 살피고
배려해 주세요.

솔직히 말하자면
기분 나빠도 그게
사실이잖아?
난 솔직하니까
이렇게 다~
말하는 거야!

어설픈 위로보다

조용히 곁에서 커피 한 잔 건네며 토닥거려 주는 친구

쓰러진 나에게 잘잘못을 따져 조언하기 전에

손 내밀어 일으켜 세워 주는 친구

억지로 울음을 삼키려는 나에게

실컷 울 수 있도록 어깨 한쪽을 내어 주는 친구

그런 친구, 있나요?

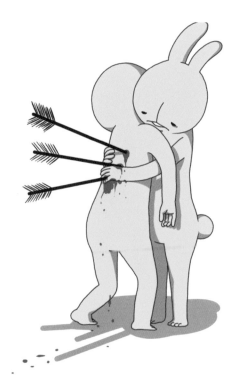

곁에 있을게.

따뜻할 때…
식기 전에 마셔…

사람과 사람 사이,
수많은 끈이 이어져 있습니다.
서로가 이어진 끈을
잘 붙잡고 있어야
비로소 인연이
계속될 수 있습니다.

일흔두 번째 감성 팔자

있지…

늘…항상
언제나…

응…

'믿는다'는 말은
그 자체로도 힘이 있지만
진심을 주고받는 관계 안에서 오갈 때
가장 울림이 큽니다.
보잘것없는 돌멩이도 황금으로 바꿔 주는
연금술 같은 말이지요.

이렇게 아플 때,
때로는 옆 사람에게
기대어 보세요.

봄날은 간다 (린·윤춘비)
●

힘들어하는 사람에게
따뜻하게 안아 주는 것만큼 큰 위로도 없을 겁니다.
내가 가진 온기를 전해 주는 일은
말이 전하지 못하는 마음의 온기까지
그대로 전달하는 것이니까요.

살다 보면 내 마음에 대해 무심했다가도
어떤 날은 아주 호들갑스럽게 예민해지는 것처럼
타인의 마음에 대해서도 그와 같을 때가 있습니다.
상대의 아픔이 예상외로 너무 컸음을 알게 되면
처음에는 놀랐다 이내 미안해지고,
위로를 건넬 시기를
이미 놓쳐버린 것만 같아
어떻게 해야 할지 막막해하곤 하지요.
'나한테 관심도 없었잖아!'
곰곰이 생각해보면
상대의 그 한마디 외침 속에
희미한 도움의 요청이 들립니다.
아직 괜찮지 않으니
이제라도 나를 위로해 달라고 말이지요.

일흔여섯 번째 감성 필사

마음을 나누고 싶을 때,
말로만 나누려 하지 말고
실제 뭔가 행동해 보는 건 어떨까요.
힘을 나누는 일은
생각보다 간단합니다.

말보다 때론 행동으로!

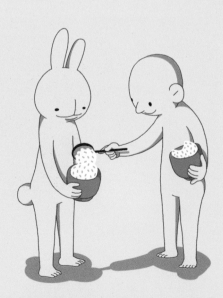

이 사람은 왜 벽이 되었을까?
처음엔 입도, 귀도, 눈도 있었을 텐데.
지금은 왜 벽이 되어 버린 걸까?
설마 나도
이런 벽이 된 적이
있었던 건 아닐까?

••••••

만남이란 한 사람의 내면을 여행하는 일.

만나고
헤어지고
다시 만나고____

냐아~

한 줄기 빛을 따라

Chapter 6

긴 터널을 지나고

괴로움이 끝없이 이어지는 캄캄한 터널 속에서
내 인생에 행복은 없겠구나 싶어도
언젠가는 긴 터널의 끝이 오고,
눈부신 볕을 마주하게 됩니다.

212
___
213

어느 한 번 예 감성 필사

지금, 내가 가는 그 길에
왠지 모를 의심과 불안이 스멀스멀 생기고 있나요?
그렇다면 발걸음을 잠시 멈추고 찬찬히 둘러보세요.
나의 선택과 걸어온 그 길,
그리고 그에 대한 내 마음을.

아무도 모르는

나조차도 몰랐으면 하는 이야기가 있습니다.

생각만으로도 심장이 떨리고

온몸에 힘이 쭉 빠지는 그런 이야기.

누구에게나 그런 이야기를 꾹꾹 눌러 넣고 잠가버린

비밀의 방이 있습니다.

언젠가는 이 방의 문을 열어 그 안으로 발을 디딜

순간이 올지도 모릅니다.

그때는 그 상처들을 마주해도 두려워하지 않는

용기가 생긴 후겠지만,

그런 순간이 오기 전까지는 그냥 모른 척 지나쳐도 괜찮아요.

다만 그 문 앞에 다시 설 수 있는 용기를 갖기 위해

마음을 튼튼하게 만들어야 합니다.

이 문을 마주하고, 안으로 발을 디디는 순간

비로소 나라는 사람의 잃어버린 조각을 찾게 될 테니까요.

어느 날 버려진 선물 상자

잡초처럼 힘들게 인생을 살 필요는 없지만

간혹 찾아오는 고난은

때로 삶의 큰 자양분이 되기도 한답니다.

내 삶의 모든 시작이 되는 씨앗,
그것을 단단하게 만드는 노력이
얼마나 중요한지 모릅니다.

그렇게 시작하면 됩니다.
마지막 문 앞에 닿을 때까지,
그리고 그 문을 열 때까지
차근차근, 그렇지만 멈추지 말고
천천히 마음속으로 들어가 보세요.

여든여섯 번째 감성 필사

"그러니까 넌 날 수 있을거야."

내겐 아주 잘 보여.

자신만의 시간을 잘 견뎌내면
나비가 되는 순간이 반드시 찾아옵니다.

걱정, 싹 지워버려.
그런다고 별일 생기지 않아.

후우……
걱정이야…
정말 걱정이야,
어쩌지, 어쩌지?
너무 걱정되는데…
어떻게 하나…

지금처럼 계속 나아가기만 하면 됩니다.
자신에 대한 믿음을 잃지 말고요.

우선은 주변부터 찬찬히 둘러보세요.
어떤 건물이 있는지.
이정표는 어디를 가리키고 있는지.
그 다음 내 모습을 한 번 살펴봅니다.
이참에 신발끈도 한 번 고쳐 매구요.

아흔한 번째 감성 필사

나는
천천히
조금씩
분명하게
자라고 있다

삐삐—

아홉두 번째 잡섬 필사

성장,
나를
찾아
담아가는 일

차라리 시원하게 비라도 퍼부으면 좋겠습니다.
실컷 쏟아내고 나면
먹구름도 사라지고 맑은 날을
기대해 볼 수 있을 테니까요.

● 아흔네 번째 감성 필사

다시는 자신을 잃어버리지 마세요.

웅크리고 있던 진짜 나의 손을 꽉 움켜쥐고서

밝은 곳으로 천천히 함께 올라오세요.

아흔다섯 번째 감성 필사

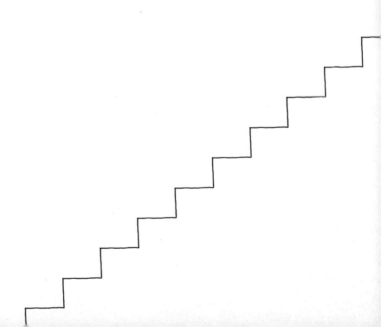

오늘까지만 이 무기력을 끌어안고 울어도 좋아요.
오늘까지만 울고
내일부터는 조금씩 움직이고, 걸어 보는 겁니다.
그렇게 천천히 무기력을 밀어내다 보면
열정이 들어올 자리가 다시 만들어질 거예요.

내 발목을 부여잡고
질질 끌려오고 있는 나를 일으켜 세우세요.
그리고 나를 힘껏 밀어주고 당겨줄 수 있도록
내 곁에 세워 주세요.

세상 누구보다 든든한 응원군이 되어 줄 거예요.

너…넌…!
너였던 거야?

등 떠밀어 주는
사람이 필요한
망설임의 시간

아홉 번째 발자국 — 새로운 시작

START

첫 발을 내딛고
날아가야 할 때

다시 날아올라 가려고 했던
목적지로 묵묵히 다시 날면 됩니다.
새로운 곳으로 향하는 동안
생길지도 모를 험난한 과정은
지금 걱정하지 마세요.
날아오르기 시작한 지금
오로지 출발이라는 그 순간을 등대 삼아,
앞만 보고 힘차게 날아가면 됩니다.

백 번째 감성 필사

『내 마음 다치지 않게』를 선보인 지 벌써 1년여의 시간이 흘렀습니다. 그 시간 동안 설토는 수많은 상황에 놓인 여러 사람들에게 각양각색의 모습으로 다가섰습니다.

설토를 거울삼아 마음을 있는 그대로 마주하길 바랐던 만큼 늘 밝고 예쁘기보다 때때로 어둡고 애잔한 모습도 많이 보였습니다.

'괜찮아, 힘내, 이겨내자.'라는 말 대신, 때로는 아무 말 않더라도 가만히 내 진심과 마주 대하는 시간을 가질 수 있길 바랐습니다.

아무리 애써도 그림자는 지워지지 않습니다. 다만 내

인생에도 분명 그림자가 존재한다는 사실을 깨닫고,
마주할 용기만 가진다면 그것으로 충분하지 않을까
요? 누구에게나 그림자는 존재하고 오히려 그림자가
존재를 증명하기도 하니까요.

치유의 시작은 직시, 즉 있는 그대로 바라보는 것에
서 시작합니다. 오늘 하루 겪었던 일에 대해 시시콜
콜 써내려간 일기는 단순한 일상의 기록을 넘어 내
마음에 대한 관찰, 나아가 자가 치유를 돕는 명약이
되기도 합니다. 나의 하루를 글자로 하나씩 표현해
가는 동안 마음은 어느 순간 차분해지고, 집중의 시
간을 통해 오늘의 사건에 대한 내 감정이 정리됩니
다. 생각하고, 정리하고, 기록하며, 그 기록을 다시

확인하는 과정은 자연스레 마음으로 이르는 길을 찾을 수 있도록 도와줍니다.

이 책이 일기를 대신할 수는 없겠지요. 그러나 때로는 설토를 통해 나조차 외면했던 속 깊은 이야기들이 드러날지도 모를 일입니다. 일기처럼 내 감정을 좀 더 깊고 진하게 느낄 수 있기를 바라는 마음을 이 책에 담아 선보입니다.

마음 아프지 않고 살 수는 없겠지만, 그런 날 숨을 곳이 필요할 때 이 책의 빈 페이지가 당신의 글씨로 채워져 작은 피난처가 되어 주길 소망합니다.

설레다

내 마음에 봄

1판 1쇄 발행 2016년 3월 11일
1판 3쇄 발행 2017년 8월 18일

지은이 설레다(최민정)

발행인 양원석
편집장 김순미
책임편집 진송이
디자인 RHK 디자인연구소 마가림, 김미선
해외저작권 황지현
제작 문태일
영업마케팅 최창규, 김용환, 이영인, 정주호, 양정길, 이선미, 이규진, 김보영, 임도진

펴낸 곳 ㈜알에이치코리아
주소 서울시 금천구 가산디지털2로 53, 20층 (가산동, 한라시그마밸리)
편집문의 02-6443-8845 **구입문의** 02-6443-8838
홈페이지 http://rhk.co.kr
등록 2004년 1월 15일 제2-3726호

ISBN 978-89-255-5875-2 (03810)